Soy una hoja

por Jean Marzollo
Ilustrado por Judith Moffatt

Lector de Scholastic — Nivel 1

Cartwheel
·B·O·O·K·S·®

SCHOLASTIC INC.

New York   Toronto   London   Auckland   Sydney
Mexico City   New Delhi   Hong Kong   Buenos Aires

¡Hola!
Soy una hoja.
Vivo en un arce.
¿Ves esa mariquita?
Está caminando
encima mío.
¡Me hace cosquillas!

En mi árbol vivimos muchas hojas. En verano tenemos una tarea: preparar la comida para nuestro árbol.

Preparamos la comida con aire y con la luz del sol. ¡Mmm! ¡Qué bien se siente el sol!

Para preparar la comida también necesitamos agua. El agua de la lluvia se mete en la tierra. Entra por las raíces y sube por las venas del árbol. Mis venas son como pequeños tubos.

Mezclo la luz, el aire
y el agua.
Luego hago algo verde
que se llama clorofila.

La clorofila hace que
yo sea verde.

En verano preparo la comida de mi árbol.
Un día vino una oruga y...
Ñam.
Ñam.
Ñam.
¡Me hizo un agujero!
Yo seguí con mi tarea.

Otro día vino una araña.
Trabajó,
trabajó
y trabajó.
Hizo una tela muy grande.
Yo seguí con mi tarea.

Otro día vino una ardilla.
Poing.
Poing.
Poing.
¡Pasó corriendo encima mío!
Y yo seguí con mi tarea.

Ahora llega el otoño.
Ya cumplí mi tarea.
Cambio de color.
Ahora soy...

¡Roja! ¡Amarilla! ¡Anaranjada!
¡Es tiempo de festejar!
Todas las hojas de mi árbol
se visten de colores.
La gente dice: ¡Ohh! ¡Ahh!

El viento sopla.
Nos desprende del árbol.
Bailamos con el viento.
¡Yipiii!
Despacio, caemos al suelo.

Allí descansamos.
Llega el invierno y el bosque
se cubre de nieve. Algunos
árboles no cambian de color,
están siempre verdes.

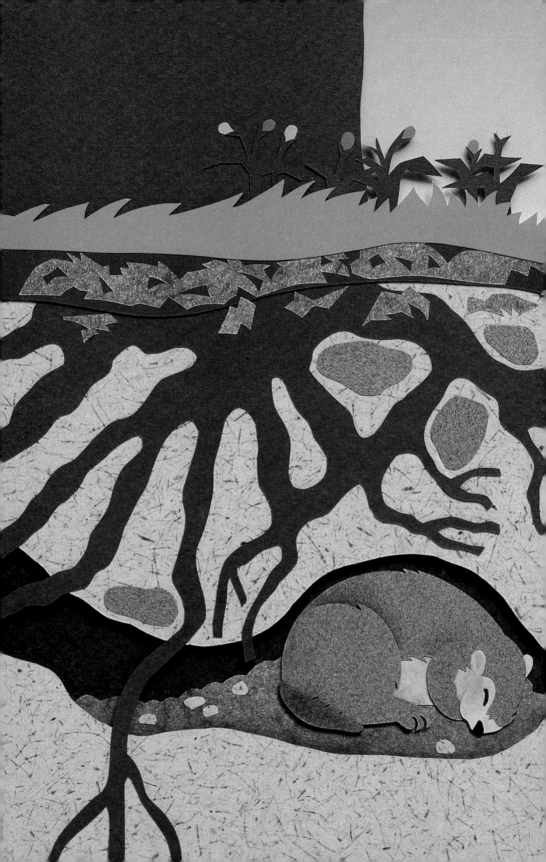

Las hojas van formando
parte de la tierra.
La tierra sostiene las raíces,
guarda el agua y cobija a los
animales en sus madrigueras.
El invierno termina y la tierra
se calienta.

¡Hola!
Soy un bebé de hoja.
Ya llegó la primavera.
Yo fui la primera hoja que
brotó en mi árbol.

Voy a crecer rápido.
Muy pronto tendré
una tarea…
¿Qué será?
¡Mmm…! ¡Qué bien
se siente el sol!

MÁS ACERCA DE LAS HOJAS

Hay hojas de distintos
tamaños y formas.
Casi todas preparan la
comida para sus plantas.
¿Qué hojas pueden
comer las personas?
(Las hojas de ensalada,
la espinaca.)